폰카시

사진 찍고 시 짓는 초등학생들이 엮은 감성 동시집

발 행 | 2021년 12월 2일
시,사진 | 박성근, 반규리, 이기윤, 조하준, 이지은
엮은이 | 심재근
표지디자인 | yundanbam(네이버 블로그: 윤단밤의 독서그림카드)
펴낸곳 | 주식회사 부크크
출판사등록 | 2014.07.15.(제2014-16호.)
주 소 | 서울특별시 금천구 가산디지털1로 119 SK트윈타워 A동 305호
전 화 | 1670-8316
이메일 | info@bookk.co.kr

ISBN | 979-11-372-6438-0

www.bookk.co.kr
ⓒ 책먹보 심선생의 독서와 교실 2021
https://blog.naver.com/chungmyong2

폰카시

사진 찍고
시 짓는 초등학생들이 엮은
감성 동시집

박성근, 반규리, 이기윤, 조하준, 이지은 지음
심재근 엮음

머리말

시인 김미희 선생님을 통해 '폰카시'를 접하게 되었습니다. 우리의 일상이 시가 됨을 알게 되었습니다. 내가 안 것을 아이들에게도 전하고 싶었습니다.

작은 학교의 6학년 아이들 5명이 한 학기 동안 쓴 폰카시 60편을 묶었습니다. 아이들이 직접 폰카를 찍고 시로 남긴, 아이들의 일상들입니다.

일주일 동안 함께 쓰고 고쳤습니다. 어느 날은 시가 술술 나오기 하고, 또 어느 날은 표현이 떠오르지 않아 쓰고 지우기를 반복했습니다. 그래도 책을 출간한다는 목표로, 혹독한 담임교사의 '시 독촉'에 아이들은 묵묵히 시인이 되어갔습니다.

시를 쓴 아이들도, 책을 편집한 담임교사도 처음이라 많이 서툽니다. 아이들의 순수한 일상과 생각을, 초등학교 교육의 모습을 살펴보신다는 마음으로 너그러이 봐주시기 바랍니다.

아이들이 시인이 되는 과정을 칭찬과 격려로 함께 해주신 블로그 이웃님들과 즐거운 교육환경을 만들어주신 광판초등학교 교육가족들께 감사한 마음을 전합니다.

-2021년 12월, 심재근 올림

큰 차례

첫 번째 시인
박 성 근

시인의 말

안녕하세요. 저는 초등학교 6학년 박성근입니다.

폰카시를 쓰는데 3개월의 시간이 지났습니다. 이 3개월 동안 무슨 느낌이 들었냐면, 힘듦, 귀찮음 등이 생각 났습니다. 하지만 시를 다 쓰고 나면 뿌듯함, 행복, 칭찬이 저를 반겨주었습니다.

여러분들도 무엇이든 끝까지 하면 저처럼 뿌듯함, 행복, 칭찬이 반겨줄 것입니다.

이 시를 읽으시는 분들 정말 감사합니다.

작은 차례

미운 오리 새끼

난 나만 달라서 슬펐어.

근데 사람들이
내가 가장
이쁘다 하더라.

박성근 시인의 첫 번째 작품입니다. 푸릇푸릇한 잎들 사이에 설치된 조명이 보입니다. 미운오리새끼처럼 다른 잎들에게 구박받는 조명 신세입니다. 하지만 사람들은 이 조명을 배경으로 사진을 찍네요. 시인은 오리가 백조로 변하는 순간을 포착한 모양입니다. (21.08.30.)

곤충 고속도로

텅 빈
곤충들의 고속도로

곤충들에게도 바이러스가
퍼졌나보다.

개미 한 마리도
안 보이네.

집 앞 전봇대를 고속도로로 비유하여 시를 썼습니다. 처음에는 자신도 놀러가고 싶다는 내용으로 시를 썼지만, 전봇대가 '곤충들의 고속도로' 라고 생각하며 써보기로 했습니다. 현재 코로나 시국을 생각하는 아이의 마음이 잘 드러난 시입니다. (21.09.05.)

시험

시험 있다~~
선생님이 말씀하시면
내 심장은 쿵쾅쿵쾅

시험 다 보고 삭 삭 삭
비가 올 것 같은 느낌이었지만

저 구름 뒤로
사아아악
해가 들어왔다.

안심한 내 심장은
구름 솜사탕처럼
주룩 주룩
녹아내렸다.

평소 글쓰기에서 다양한 의성어, 의태어를 구사하던 시인입니다. 이번 시도 다양한 표현들이 들어가 있네요. 시험과 날씨를 연관 지은 여러 동시들을 보긴 했지만 절대 표절은 아니라고 합니다. 시험 볼 때 기분은 다들 비슷한가 봅니다. (21.09.11.)

경계선

경계선이 구름에도
있나 보다.

한반도 중앙쯤에도
경계선이 있는데...

경계선은
우리의 마음을
갈라놓았지.

그리고 아직까지
그곳을 가보지 못했어.
언제 그곳에 갈 수 있을까...

구름도 한반도도
꼭 통일을 이루길.

제 눈에는 멋진 노을만 보이는데 시인은 하늘 가운데 경계선이 보인 모양입니다. 그리고 이걸 '남과 북'으로 연결했네요. 폰카시를 쓰면서 가장 좋았던 점은 '관찰'하게 된다는 것이었습니다. 아이들은 주변을 관찰하면서 사진을 찌고, 그 사진을 뚫어지게 쳐다보며 시를 썼습니다. 아이들의 시를 읽은 저 또한 아이들의 사진을 깊게 보게 됩니다. 그리고 그제야 제 눈에는 보이지 않던 것들이 보이게 됩니다. (21.09.22.)

분단

지익 지익

하얀 지도에
파란색 선을 그었다

우리나라처럼 전쟁을 했나?

지익 지익

하얀색 지도에 있는
파란 선을 지우는 소리

저곳도
통일을 생각하고 있었나?

구름이 잔뜩 낀 사이로 살짝살짝 보이는 하늘을 '분단선'으로 표현
했습니다. 구름이 점점 더 덮여서 파란 선을 지우는 것처럼, 남북
사이의 '선'도 사라질 날이 올지 모르겠습니다. (21.09.30.)

운동장 사용을 허가합니다

너희들 왜 오늘 왔니?

지금까지 가만히 있다가
왜 오늘 왔니?

선생님께서
오늘부터 나가 놀아도 된다고 하셨는데
왜 하필 오늘 온 거니?

내일은 오지 마라

　코로나로 인해 점심시간에 운동장 사용을 금지했었습니다. 격한 운동이나 시설물 사용에 제한이 있다 보니 수업 시간 외에는 운동장에 나가지 않도록 한 거죠. 2학기가 되고 아이들이 방역을 지키려는 자세도 우수하고, 운동장 사용에 대한 아이들의 갈망을 이길 수가 없게 되었습니다. 그래서 교직원 협의를 통해 결정된 운동장 사용 허가를 아이들에게 알려주었습니다. 그런데 바로 다음 날, 억수같이 비가 쏟아지네요. 결국 운동장 사용 금지가 하루 더 연장된 것입니다. 그런 아쉬운 마음이 시에 잘 드러나 있습니다. (21.10.18.)

넌 다 봤지?

안녕 38선
넌 다 봤지?

전쟁 말이야.

보느라 힘들었지?
정말 미안해.

이제는 전쟁 같은 거
안 하도록 노력할 테니

너도 응원해 줘

　강원도에 살다 보니 길을 가다 '38선'이 표시된 곳들을 많이 발견할 수 있습니다. 아이도 오가는 길에 봤었던 38선을 보고 여러 생각이 있었나 봅니다. 이렇게 폰카시로 남겨두면 두고두고 남아 있으려나요. 폰카시 쓰기 프로젝트가 나름의 통일교육도 겸하게 되었습니다. (21.10.24.)

LED

너는 종일 켜져 있는데
안 뜨겁니?

되게 뜨거울 거 같은데.

혹시 만져봐도 되니?

아, 안 된다고?

그럼 전등 갈 때 만져야지.

마무리로 애를 먹은 시입니다. 워낙 번뜩이는 생각을 많이 하는 시인이라 조금 더 고민할 시간을 줄까 고민하다가 이번 주는 여기서 멈추었습니다. 주변에 있는 LED 등에 대해 고민하고, 생각할 시간을 가진 것만으로도 충분하니까요. (21.10.31.)

기대할게

누리호야

비록 이번에는 실패했지만
실패는 성공의 어머니이니까

다음에 누리호 2로
다시 만들어진다면 인공위성도 설치하고

너의 이름처럼 이 끝없는 우주를
평생 누리길 바랄게

누리호야
2022년 기대할게

뉴스특보
호 정상 비행 중

조금 전 누리호 발사

누리호 고도 650km 통과

2021년 10월 21일 누리호가 발사되었습니다. 아이들 하교 전에 다함께 카운트다운을 외치려고 했는데, 발사 시간이 한 시간 연기되어 함께 보지 못했네요. 다행히 한 시인이 이 역사적 사건을 시로 남겨 주었습니다. 실패했지만 '성공'이라고도 얘기하는 이번 발사를 기반으로, 평생 우주를 누릴 수 있는 누리호 2가 얼른 나왔으면 좋겠습니다. (21.11.03.)

거짓말

눈아~
넌 지금 다른 나라에 있니?

지금 우리나라 12월이야!
눈 와야 돼!!
눈!!!

지금 온다고?
알았어!
빨리 와!!

　벌써 눈이 보고 싶은 모양입니다. 작년에 찍은 눈 사진까지 소환하며 시를 썼습니다. 내용이 재밌습니다. 과연 눈이 시인에게 속아서 빨리 오게 될까요? 변덕이 심한 올해 가을 날씨를 보면 왠지, 눈이 일찍 올지도 모르겠습니다. 그렇다면 시인에게 고마움을 표시해야겠어요. (21.11.08.)

충전기 좀 주세요

사망 직전입니다
여기 어디 아이폰 충전기 없나요?

삐, 삐, 삐, 삐

,

,

,

삐---------

흑...
제 아이폰이 꺼졌습니다

충전기가 모두 같았으면 살 수 있었다고요
그러니 충전기는 모두 통일되어야 합니다!

　2%만 남은 휴대폰 배터리가 안 쓰럽습니다. 결국 살리지 못했다는 슬픈 이야기, 휴대폰의 마지막 모습을 찍고 시로 남겼습니다. 휴대폰 주인의 절규이자, 아이폰의 절규네요. 휴대폰 충전기 규격이 다 달라서 정신없을 때가 많습니다. 그래서 하나의 충전기에 모든 휴대폰이 연결 가능한 것도 나오더라고요. 시인에게 그 충전기를 알려줘야겠습니다. (21.11.15.)

작은 빛

작고...작은 아이들의 빛

이 작은 빛이 나중에는
크고 크고 큰
어른들의 빛처럼

활짝 빛나고 있겠지?

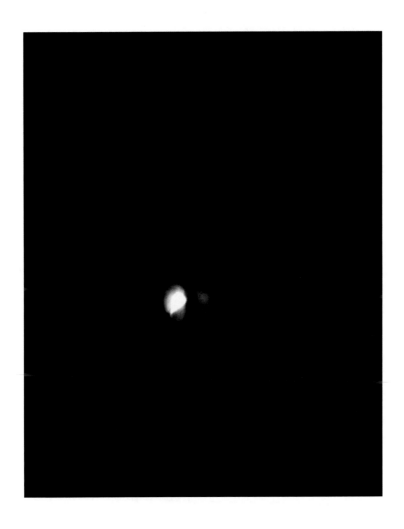

간직하려고 찍어둔 달 사진을 시로 간직하고 싶어 썼다고 합니다.
폰카시의 목적을 정확하게 이해해 줘서 고맙네요. 남기고 싶은 순간을
사진을 남기듯, 앞으로 그런 순간에 시가 함께였으면 좋겠습니다.
(21.11.30.)

두 번째 시인

반규리

시인의 말

　춘천 광판초등학교를 다니고 있다. 심리에 관심이 있고, 아이돌 노래, 팝송 듣는 걸 좋아한다. 사람에게 다가가는 것에 어려움을 느끼고 계획 세우는 것을 좋아한다. 조용해 보이지만 친해지면 쫑알쫑알 말이 많아진다. 멍 때리며 누워있기 좋아하는 집순이다. 혼자 하는 활동이 즐겁게 다가오고, 풍경, 식물, 동물들을 좋아한다. 그래서 찍어둔 사진이 풍경, 식물, 동물이 대부분이다. 시를 쓰면서는 내가 찍은 사진한테 드는 생각이 없어 어려웠다. 친구들의 시를 보며 5명 모두가 쓰는 표현이 조금씩 다르단 것이 신기하게 느껴졌다.
　우리반이 정성 들여 쓴 시집을 얼른 보고 싶은 마음이 크다.

작은 차례

외출

주말에 이모와의 외출.
까르르 소곤소곤
전시회를 보며 이야기를 나눈다.

집으로 돌아오는 길,
하늘에 몽글몽글 떠 있는 뭉개구름
내 마음이 붕 떴다.

　이모와의 나들이로 즐거운 마음이 그대로 드러난 시입니다. 글을 참 잘 쓰는 아이인데, 시 쓰기에 어려움을 느끼는 것이 눈에 보입니다. 그래도 워낙 좋은 표현들을 많이 쓰는 아이라 앞으로 시들이 기대됩니다. (21.08.30.)

나무결

나무결 위,
매미가 울기도 서리가 내리기도 한다.

나무결 사이,
껍질이 벗겨지기도 다시 돋아나기도 한다.

계절의 변화를 받아내다보니
나무테에 주름이 늘어있다.

나무결에 집중하여 시를 썼습니다. 아무래도 자신의 경험과 동떨어진 시를 쓰다 보니 굉장히 어려워했습니다. 이 아이 시를 봐주다 보니 자신의 감정이나 경험과 관련된 시를 쓰도록 유도해야겠다는 생각이 들었습니다. 그럼에도 나무결을 열심히 '관찰'한 결과물이라 좋은 시가 탄생했습니다. (21.09.05.)

내일 보자

타닥 타닥 탁 탁...

이다음에는 어떤 걸로 이어야 할까
가장 어려운 난관이 찾아왔다.

고민하고
또 고민해 보지만 답이 잘 나오지 않는다.

타닥......타.......다......

에잇, 나중에 하지 뭐!

　뜬금없는 타자기 사진에 타자기와 시인의 마음을 어떻게 엮을지 궁금했었는데, 방향이 조금 바뀌었습니다. 타자기를 보고 작가가 가지고 있는 창작의 고통을 떠올렸나 봅니다. 어쩌면 시를 쓰는 어린이 시인도 같은 마음을 표현한 게 아닐까 싶기도 하네요. (21.09.11.)

기분 탓

비가 오려는지 하늘에 먹구름이 섞여 있다.
우중충한 날씨에 걸맞게 나무도 컴컴하다.

왠지 오늘따라 차도 안 지나가고...
조용한 시골이 더욱 조용해졌다.

괜히 나까지 기분이 툭,
떨어지는 느낌이다.

　새벽녘 찍은 사진을 시로 표현했다고 합니다. 제가 보기엔 밝은 느낌의 사진인데 아이가 보기에는 그렇지 않은 모양입니다. 그래서 제목 '기분 탓'이 더 마음에 듭니다. 제가 제 기분은 지금 많이 좋은가 봅니다. (21.09.22.)

DMZ

디엠제트, 디엠지
무엇이 맞는 말일까

너는 네 이름처럼
누가 맞는지 모를
두 편의 이야기를 담고 있구나

주말에 DMZ 박물관에 다녀왔다고 합니다. 마침 '통일'을 주제로
시를 쓰자고 했는데, 많은 도움이 되었을 것 같습니다. 이 시는
제가 고쳐준 게 없습니다. 처음 시를 봤을 때부터 이 시는 그대로
가야겠다는 생각을 했습니다. DMZ(비무장지대, demilitarized
zone)을 가장 잘 설명하는 시가 아닐까 싶네요. (21.09.30.)

거리두기

저기 어떤 새카만 물체가
날 뚫어져라 쳐다보고 있다.

뭐지...

이리 오라고 우쭈쭈를 해봤더니
고개를 휙 돌린다.

그래,
넌 거기 있어.
난 여기 있을게

　아는 언니 집에 가는 길에 만난 검은 고양이. 시인을 뚫어져라 쳐다 보길래 반가운 마음에 '우쭈쭈'도 해줬는데... 새침한 검은 고양이의 반응에 시무룩했었나 봅니다. 그래도 별 수 있나요. 코로나 시국에 거리두기 때문이라고 마음을 위로합니다. 그래도 고양이 곁을 떠나지 않은 시인입니다. (21.10.18.)

하루중

하루중 잠시 숨돌리는 시간
하루중 마음이 잠시 편안해지는 시간
하루중 나만의 세계에 빠져드는 시간
하루중 오늘의 나를 반성하는 시간
하루중 내일이 두려워지는 시간

하루의 끝자락,
하루중 한 번이지만
여러 생각이 드는 시간.

　달이 뜨는 장면을 보고 사진을 찍었다고 합니다. 일상 중 발견한
장면을 사진으로 남겨두는 습관이 원래부터 있었는지 '폰카시
쓰기 프로젝트' 덕분에 생긴 건지 모르겠지만, 일단은 흐뭇합니다.
시인이 사진을 찍으며 연기를 구름으로 착각해 신나게 웃었다고
합니다. '하루 중'도 멋진 시지만 이 이야기를 시로 적었으면
어땠을까 조금 아쉽습니다. (21.10.24.)

작은 그늘

우리집 낮은 천장에
숲이 들어왔다.

네가 만들어 준
작은 그늘에서
편안하게 숨 돌려간다.

'겨울을 대비해서 거실에 들여놓은 작은 나무가 보여 찍었다. 소파에 누워 멍하니 바라보면 맑은 공기가 느껴지는 느낌이 든다.'

아이가 시를 쓰게 된 이유입니다. 사진과 이유와 시가 잘 맞아 떨어집니다. 덕분에 저도 숨 한 번 돌리고 갑니다. (21.10.31.)

서러움

......콜록콜록 훌쩍
몸이 무겁다.

감기 때문에 쉬려고 조퇴해서
잠깐 눈 감고 떠보니
저녁이었다.

일어나자마자 기침과 어둠이 날 반겼다.
쉬었는데도 몸이 무겁다.
......역시 아프면 서럽다.

며칠 동안 감기로 고생했을 때 쓴 시입니다. 그리고 그때의
서러운 마음을 시로 남겼습니다. 흐릿한 저녁 풍경이 잠에서 막
깬 시인의 마음이 느껴집니다. 잠깐 눈 감고 떴는데, 사방이 어두워
있다니 얼마나 화가 날까요. (21.11.03.)

결국

아침에 눈을 뜨면
나에게 싱긋 웃어주고
밤에 잠들기 전에는
잘자라고 인사해 주던 식물들이
어느날 고개를 숙였다.

무슨 일인가, 물을 더 줄까?
이게 아닌가, 햇빛이 안 드나?
그런데도 창백한 잎은
물도 햇빛도 다 거부하고 있다.

식물 다루기도 서툴고
아는 것도 없는 내게는
너무 난감한 일이고
슬픈 일이다.

그래도 6개월이란 시간동안
내 곁에 있어줘서 고맙다.

  며칠 전까지만 해도 쌩쌩했던 식물들이 갑자기 고개를 숙이고
말았습니다. 늘 곁에서 함께 하던 친구인데, 아이 마음이 어땠을지,
가늠이 잘 안되네요. 서툰 솜씨지만 할 수 있는 일들을 다 해서
식물을 살려보려는 마음도 애틋하고, 마음 한 편으론 작별 인사를
하고 있는 마음은 안타깝습니다. (21.11.08.)

눈꽃송이

샤랄라
눈꽃이 내려요.

사르르
언젠가
눈꽃은 지고 떨어져요.

그 순간을
밝은 빛과 함께
추억으로 남겨요

벚꽃이 만개했을 무렵 가족들과 함께한 꽃구경 모습입니다. 사진으로 남아 있는 추억을 시로 다시 한 번 되새깁니다. '폰카시 쓰기 프로젝트'의 첫 번째 목표는 당연히 시를 써 보자는 것이지만, 이렇게 좋은 추억을 떠올리는 것도 중요합니다. 시인들이 내 삶과 시가 멀지 않고, 시를 통해 내 삶을 더 건강하게 할 수 있다는 것을 느꼈으면 합니다. (21.11.15.)

처음

누구나 처음은 서툴다

누구나 처음은 두렵다

그저 그런 일이라도
처음은 처음이고

꼭 해보고 싶었던 일이라도
처음은 처음이다

그날 처음 본 구름이 예뻐서
그날 또 새로운 경험을 해서
그날 처음으로 쓴 폰카시라서 특별했다

이번의 처음은 어느 때보다 서툴렀고, 새로웠다

폰카시 쓰기 프로젝트를 잘 표현해 주는 시입니다. 아이들이 3개월 동안 써온 '시공책'을 찍었네요. 아이들도 처음이었지만, 저도 이런 프로젝트는 처음이라 서툴고 새로웠습니다. 하지만 시인의 말처럼 처음으로 해본 글쓰기 프로젝트라 특별하게 남을 것 같습니다. 이번 프로젝트가 시인들과 제 인생의 조그만 불씨가 되어 주길 기대해 봅니다. (21.11.30.)

세 번째 시인

이기윤

시인의 말

안녕하세요. 저는 광판초등학교 6학년 1반 이기윤 학생입니다. 처음에는 시를 쓰는 게 많이 어려웠지만 점점 시를 쓰는 게 쉬워졌습니다. 3개월 동안 시를 쓰면서 느낀 점이 있습니다. 어떨 땐 힘이 들고 짜증이 났었습니다. 그치만 쓰는 건 그래도 재미있다고 생각합니다. 다음엔 시를 쓰면 재미있을 것 같다고 생각합니다. 여러분들이 제 폰카시를 보시면서 어떨 것 같은지 생각하시면서 봐주시면 감사하겠습니다.

작은 차례

출입금지

너무 아프다.
사람들이 발로 밟아서다.
오늘은
10명이 들어왔다.

딱 보니 소풍을 하려고 왔다.
난 말했다.
너네의 소풍은 행복이지만
너네의 소풍은 나의 지옥이다.

잔디의 입장에서 쓴 시입니다. 공원 잔디밭을 지나다 보면 '출입 금지'라고 적어 놓은 곳이 꽤 많습니다. "사람들이 들어가지도 못 할 잔디밭은 왜 만든 거야?" 볼멘소리를 하기도 했지만, 이제 그러지 말아야겠습니다. (21.08.30.)

꽃들의 대결

꽃들의 대결이
시작되었다.

자기의 영역을 넓히려고
뿌리를 더 내리는 꽃들.

이에 질세라 다른 꽃들도
뿌리를 내리기 시작한다.

과연
승자는 누구일까?

두 색의 꽃이 대결을 한다는 느낌으로 시를 써봤는데, 역시 마지막이 힘들었습니다. 너무 힘들어서 마지막에 '삼국지'란 힌트를 주었는데, 다시 사진을 보니 어울리지 않는 느낌도 듭니다. 그래도 확실한 건 빨간 꽃의 승리 같습니다. (21.09.05.)

둥실둥실

요즘 따라
구름이
더 둥실둥실 떠있다.

구름들이
신이 났나 보다.

친구랑
놀고 나서
신난 나처럼

　이번 주에는 구름 사진을 찍은 아이들이 많았습니다. 아무래도
하늘이 맑아서 그런 것 같네요. 한 명이 찍으면 우르르 찍게 되는
것도 같고요. 둥실둥실 떠오른 구름을 보고 기분 좋음을 느낀 것
같습니다. 여러 번의 수정 끝에 구름의 모습을 내 마음에 투영하
는 시가 나왔습니다. 마무리를 조금 더 얹고 싶었는데, 제 글도
시인들 시도 마무리가 늘 어렵습니다. (21.09.11.)

인생

알로에가
크고 있다.

이제부터
알로에의
인생이 시작했다.

알로에가
갈 길이 멀다는 거다.

 첫 번째 찍은 사진이 통과를 못해서 꽤 여러 장의 사진을 제출한
뒤에야 결정된 사진입니다. 사진 선택엔 힘이 들었지만, 덕분에
시는 빠르게 완성되었습니다. '알로에가 갈 길이 멀다는 거다'라는
표현이 참 마음에 듭니다. 시인 자신의 인생을 얘기한 걸까요?
근데 뭐 제 인생도 아직 갈 길이 멉니다. (21.09.22.)

통일

통일을 꿈꾸는
나

통일이 되길
바라며
보름달에 기도한다

그치만
통일이 되지 않는다
왜
통일이 안 될까?

나는 분명히
보름달에
기도를 했는데...

추석에 찍은 사진인지 온통 검정 배경에 보름달만 존재합니다. 과연 열심히 기도만 한다고 통일이 될까요? 어떤 노력들이 더 필요할까요? 요즘 초등학교에서 통일을 다룰 때 어려운 점이 많습니다. 아무래도 '통일의 당위성'을 이해하는데 점점 더 어려워진 느낌이랄까요. 교사가 통일을 해야 한다고 설명하는 것보다 이렇게 시와 글로 스스로 생각해 볼 수 있는 기회만 줘도 좋겠다는 생각해 봅니다. (21.09.30.)

우울

우울해진다.
오늘따라
더 우울하다.

구름들도
우울해
보인다.

구름들은
내 마음을
알고 있는 걸까?

먹구름이
없어지고
해가 뜨면

내 우울함이
사라질까?

먹구름이 잔뜩 낀 하늘을 보고 쓴 시입니다. 과연 시인은 무슨 일 때문에 우울한 걸까요? 해가 뜨면 우울함이 정말 사라질까요? 먹구름을 보고 우울하다고 생각한 부분이 재밌습니다. 먹구름이 우울해서 우울해 보인 걸까, 시인 본인이 우울해서 먹구름도 우울해 보이는 걸까요? 저는 알 수가 없습니다. 출퇴근 길이 걱정될 뿐이죠. (21.10.18.)

벽

너는 왜
나의 앞길을
막는거니

너 때문에
앞으로
갈 수가 없잖아

너는 왜
여기에 있는거야?

나도
너의 앞길을
막기는 싫어

그치만
사람들이
날 여기다 두었어
너의 길을 막아서
미안해

꼬장도 이런 꼬장이 없습니다. 잘 있는 벽한테 왜 길을 막느냐고 묻네요. 그런데 벽은 참 착합니다. 미안하다고 사과를 합니다. 사실 벽을 세운 건 사람들인데 말이죠. 과연 시인은 어디로 가고 싶었을까요? 벽의 사과보다는 그런 이야기를 담았어도 좋겠다는 생각이 듭니다. (21.10.24.)

따라쟁이

졸졸졸
나를 따라하는
따라쟁이

내가 뛰면
똑같이 뛰는
따라쟁이

따라쟁이
정체는
무엇일까?

따라쟁이
정체가
궁금해진다

백일장 응모를 위해 '그림자'를 주제로 시를 써보라고 했습니다. 과연 따라쟁이 정체는 무엇일까요? 시에 결말을 넣어주길 기대했지만, 결국 정체는 밝혀지지 않았습니다. (21.10.31.)

장난감 비행기의 하루

하루 종일
날지 못하는
장난감 비행기

날아다니는
비행기를 보는
장난감 비행기

나도 날고 싶은데...

장난감 비행기는
오늘도
상상으로 하늘을 난다.

 과학 시간에 만든 모형 항공기로 시를 썼습니다. 점심시간에 밖에 나가서 실컷 날게 해주었는데, 실제 상황과는 조금 다른 내용의 시가 완성되었습니다. 장난감 비행기가 신나게 나는 모습을 묘사했다면 어땠을까 아쉽기도 합니다. 하지만 시인 입장에서는 장난감 비행기는 진짜로 하늘을 날아본 것이 아닌 모양입니다. '오늘도 상상으로 하늘을 난다'란 표현이 와 닿습니다. (21.11.03.)

계획

인형 뽑기에서
뽑은
토끼 인형

더 뽑을 수 있었지만
시간이 없어서
그냥 왔다

두고 온 인형들이
계속 떠오른다

인형들아
내가 다음에
너희들을 다 뽑아오겠어!

'너는 다 계획이 있구나!'

과연 인형을 얼마나 더 뽑아올 수 있을지 기대가 됩니다. 인형
뽑기를 못 하는 저로서는 시인의 자신감이 부럽습니다. 못 뽑고
온 인형들이 아니라 '두고 온' 인형들입니다. 이미 인형은 다 시인
겁니다. 저도 노하우를 전수받아서 인형을 '가지러' 가봐야겠습니다.
(21.11.08.)

통장과의 약속

텅 비어 있는
내 통장
통장에 돈을 넣으러 간다
기분이 좋다

텅텅 빈 내 통장에
돈이 들어갔다
통장도 배불러서
기분이 좋은가 보다

통장아
내가 널 살찌게 해줄게
넌 나를 부자로 만들어줘

　제가 초등학교 때는 학교에서 저축을 했던 기억이 있습니다. 일주일에 한 번 통장에 돈을 끼어서 가져가면, 우체국 직원분이 수거하러 학교에 오셨습니다. 통장에 입금 내역 한 줄 찍히는 것이 얼마나 즐겁던지, 용돈이란 용돈은 다 모아 학교에 가져 갔었습니다. 결국 6년 동안 학교에서 가장 많은 저축을 한 학생이라 졸업식에서 우체국장상을 받았습니다. 뿌듯한 기억입니다.

　모바일 거래로 통장 볼일이 별로 없는 요즘, 시 덕분에 옛 추억이 떠올랐습니다. 시인도 이번 경험이 저축에 대한 긍정적인 영향을 끼쳤으면 좋겠습니다. (21.11.15.)

패배

사격 대결에서
패배를 했다.
계속 사격 대결을 해도
계속 패배한다.

열심히 연습했는데
왜 졌는지
모르겠다.

왜 진 거지?
나는 안 되는 건가?
난 이기지 못하나?

멋진 사진입니다. 원래는 바닥에 놓아둔 새총
사진만 보냈기에, 새총 쏘는 모습을 잘 연출해
서 다시 보내라고 얘기해 건진 사진입니다.
원고를 편집하다 보니 진작 사진 찍는 법부터
이야기를 깊게 나눴으면 어떨까 아쉬운 마음이
듭니다. 확실히 좋은 순간, 좋은 사진에서
좋은 시가 나오는 것 같습니다. (21.11.30.)

네 번째 시인

조하준

시인의 말

안녕하세요. 저는 광판초 6학년 조하준입니다.

저는 친구들이랑 옛날에 많이 싸웠습니다. 하지만 이제는 친구들과 사이좋은 친구가 됐습니다. 우리 학교는 학생 수는 적지만 항상 웃음바다입니다.

저희 6학년은 3개월동안 폰카시를 쓰게 됐습니다. 폰카시를 쓸 때 처음에는 '아... 이게 뭐 하는건지, 힘들다'라는 생각을 하다가 한 가지 말이 생각났습니다. '시작이 반이다' 그래서 열심히 해서 빨리 끝내려고 노력했습니다. 열심히 하는 자에게 성공이 오니까요.

겨울철 감기 안 걸리게 조심하시고, 코로나도 조심하세요. 그럼 이만.

작은 차례

개

나는 흐린 날씨에도

나의 자리를 굳굳이 지키는

지키미

　집 뒤편에 우뚝 솟아 있는 소나무를 보고 쓴 시입니다. 어릴 때부터 같은 집에 살았을 테니, 언제나 그 자리에서 봐 온 나무일 겁니다. 시인은 그런 소나무를 보고 '개'를 떠올린 모양입니다. (21.08.30.)

미세먼지가 없어지는 그날까지

나는 오늘도
미세먼지를
흡수하고
또
흡수했다.

언젠가는
미세먼지가 없어져서
사람들이
마스크를 쓰지 않았으면
좋겠다.

　학교에서 체험을 했던 미세먼지를 흡수하는 식물인 '이오난사'를
보고 쓴 시입니다. 아이들이 사진 속 주인공을 1인칭 시점으로
시를 쓰려고 하는 경향이 있습니다. 다양한 시각을 보여주기는
하지만 사고의 한계가 있을 것도 같습니다.

　그래도 마스크를 쓰고 싶지 않다는 시인의 갈망이 느껴집니다.
근데 미세먼지가 문제가 아니네요? (21.09.05.)

현실

하늘이 참 파랗고 넓다
하늘을 보니
그때가 생각난다.

가족들과
바다에 갔던
그날도 엄청 파랬는데...

물에서 놀았던 기억이 난다.
물장난도 많이 했는데
지금은 코로나 때문에 못 놀지만
내 마음은 이미
하늘로 풍덩 뛰어들었다.

코로나 관련 시입니다. 아무래도 요즘은 아이들과 코로나는 뗄
수가 없는 사이가 되어버렸습니다. 특히 '여행'에 대한 욕구는
어른이나 아이나 마찬가지인 모양입니다. 바다 대신 하늘로 뛰어
들었지만 현실은 마스크와 거리 두기입니다. 언제쯤 마스크를 벗고
마음 편히 여행을 갈 수 있을까요? (21.09.11.)

우리나라 꽃

우리나라 꽃
무궁화

우리나라가
남과 북이
통일
되어도

우리들 곁을
떠나지
말기를

　무궁화 사진을 찍고 나서 어떤 시를 쓸지 궁금했었습니다. 그런데 첫 시는 인터넷 조사 내용을 그대로 나열했더라고요. 그래서 여러 번 다시 쓰게 했는데, 결국 '남과 북', '통일'로 주제가 바뀌었네요. 역시 무궁화는 '우리나라 꽃'이죠. 앞부분 설명이 조금 아쉽긴 하지만, 통일이 되어도 무궁화가 우리나라 꽃이길 기대하는 마음이 들어간 동시입니다. (21.09.22.)

저녁노을

오늘도
반짝이는 모습을
감추는 태양

태양은 달과 만나
이야기를 펼친다.
태양과 달은
사이가 좋은 것 같다.

북한과 우리나라도
구름 뒤에서 얘기를 나눌까?

빨리 통일이 돼
사이좋은
나라가 됐으면 좋겠다.

 '오늘도 반짝이는 모습을 감추는 태양'을 잘 써놓고, 뒷부분을
이어가는 데 굉장히 오랜 시간이 걸렸습니다. 아무래도 통일이란
주제를 정해주어 쓰기가 쉽지 않았떤 것 같습니다. 여러 교과와
창체 시간에 '통일'에 대한 이야기를 나누지만 남,북에 대해 얼마나
이해하고 있을까요? (21.09.30.)

대추나무

1학년 때 심은 대추나무가
내가 졸업하려고 하니
이웃에게 열매를
나눠주네.

나는 졸업을 하지만
대추나무는
평생 졸업을 하지 않고
열매를 나눠줬으면!

　1학년 식목일 때 심은 대추나무가 엄청 자랐다고 합니다. 지금은 이웃들에게 열매를 나눠줄 정도라고 하네요. 시인의 바람처럼 오래오래 그 자리에서 이웃들에게 열매를 나눠주는 대추나무로 남아 있길 기대해 봅니다. 그리고 그 나눔이 시인의 인생에도 깊게 새겨 들길 바랍니다. (21.10.18.)

우리집

30년 된 우리집
벽에 금이 가도 참고 있다니
집한테 너무 고맙다.
조금만 더 버텨줘
내가 나중에 크면
더 좋은 집으로 만들어줄게.

아이들이 쓴 시를 보다 보면 늘 마지막이 아쉽다는 생각이 듭니다. 시작은 멋지게 했는데, 마무리가 안 되는 느낌이랄까요. 그래서 시를 어떻게 마무리할 지에 대해 고민이 많습니다. 금이 간 벽을 보고 쓴 시의 마무리는 더욱 어려웠습니다. 나중에 커서 집을 새로 지어준다는 하는 건 어떠냐고 물었더니, 그럼 함께 한 벽한테 미안하다고 합니다. 그럼 평생 같이 살아도 괜찮을까라고 물었더니, 그건 또 아니라고 하고... 그래서 '더 좋은 집으로 만들어줄게'라고 마무리했습니다. 시인의 마음이 잘 느껴졌으면 좋겠습니다. (21.10.24.)

겨울잠

여름은 가고
너의 쉬는 시간이 오는구나
고마웠어.
겨울동안 편히 쉬고
다시 만나자.

이제 에어컨과는 안녕입니다. 물론 저희 교실은 냉난방기라 곧 난방기로 역할을 다하겠지만, 시인의 집 에어컨은 겨울 동안 푹 쉬겠네요. 내년 여름에도 우리를 시원하게 해주기 위해 체력을 충분히 보충했으면 좋겠습니다. (21.10.31.)

일

열심히 깨를 옮기고
또 옮기며
영차영차

그렇게 옮긴 깨를
털고 짜고

이런 많은 일을
할머니, 할아버지는
어떻게 하는 걸까?

사람이 태어나면 어떤 이유로든
해야 하는 일 때문인가

할머니, 할아버지가
너무 무리하지 않으셨으면
좋겠다

할머니, 할아버지가 일하시는 모습을 사진에 담고 시로 썼습니다. 마지막에 조금 더 닭살스러운 표현이 들어가길 내심 기대했지만, 굉장히 담백하게 끝을 냈습니다. 그래도 할아버지, 할머니를 생각하는 마음은 잘 담겨 있는 시입니다. (21.11.03.)

가을 나무

이제 여름이 가고 가을이 오는구나
너는 색깔옷을 벗고
너의 본모습을 보여주는구나.

겨울이 와도
너의 뿌리와 가지가
얼지 않게 버텨주렴.

봄이 오면
다시 색깔옷을 입겠지?
그때까지 살아남아
풍성해지렴.

'겨울잠'이란 시에 이어 계절과 관련한 느낌이 물씬 느껴집니다. 학교 주변은 10월에 갑자기 찾아온 추위 때문에 단풍 구경이 쉽지 않았습니다. 졸업 앨범 사진 배경으로 단골처럼 등장하던 큰 은행나무가 올해는 노란 은행잎을 보여주지 못하고 있습니다. 시인의 사진처럼 벌써 잎이 다 떨어진 나무들도 많고요. 그래도 추운 겨울을 버티고 버티면, 다시 풍성해질 날이 오겠죠? (21.11.08.)

돈으로 굴러가는 세상

돈, 그것은 무엇인가?
의식주를 다 할 수 있게 만들 수 있는 돈
돈으로 다 되는 세상
이렇게 살아도 괜찮을까?
돈이 참 무섭다

너무 어린 나이에 돈의 무서움을 느낀 건 아닐까 걱정입니다. 수정 과정에서 돈의 고마움 쪽으로 이끌어볼까도 했지만, 시인은 돈의 무서움으로 마무리 짓고 싶어 했습니다. 과연 폰카시 주제에 맞는 사진과 시인가 고민도 되지만, 시인은 나름 사회 풍자를 하고 싶은 게 아니었을까 생각해 봅니다. (21.11.15.)

편해진 세상

뭉뚝한 연필을 뾰족하게 만드는
연필깎이

이제는 시대가 많이 변해서
손잡이를 잡고 돌리지 않아도
자동으로 돌아가는 연필깎이

옛날에는 칼로 깎았다고 하던데
칼로 깎을 때마다 조마조마했을 것이다

참으로 옛날에는 힘든 일이 많았을 텐데
옛날 사람들은 어떻게 살았을까?

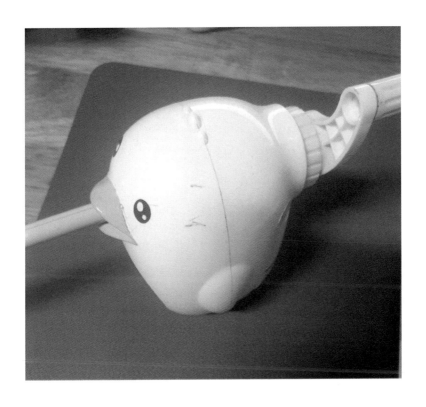

　요즘 연필깎이는 자동인 것 알고 계시나요? 연필만 구멍에 넣고 살짝 눌러주면 자동으로 연필을 깎아줍니다. 세상 편해졌죠? 이런 말은 3-40대 이상은 되어야 할 줄 알았는데, 열세 살 아이가 시로 표현했습니다. 그러고 보니 예전에는 연필 깎는 게 서툴러서 학교에는 연필 4-5자루를 챙겨 다니고, 집에 와서 누나에게 깎아 달라고 했던 기억이 납니다. 옛날 사람들도 다 저만의 노하우가 있었나 봅니다. (21.11.30.)

다섯 번째 시인
이지은

시인의 말

 광판초등학교에 6학년 2학기 때 전학 왔지만, 친구들과 수다랑 보드게임을 하면서 재밌게 학교 생활을 보내고 있다.
 처음에는 시를 쓰는게 싫었고 힘들었다. 근데 참고 시를 3개월 동안 써 보니 나름 보람이 있다고 생각했다. 그리고 재밌는 추억을 만들어서 재밌었다.
3개월 동안 시를 쓴 걸 가지고 시집 출판을 하니 좋다. 그리고 마음이 두근두근.
 우리가 쓴 시집을 빨리 보고 싶다.

작은 차례

소나무

참 안쓰럽다.
다른 소나무들은 다 짝이 있는데
왜 너만 짝이 없을까?

참 안쓰럽다.
너도 평생 같이 있을 친구가 생기면
외롭지 않을 것 같은데

2학기에 전학을 온 시인입니다. 전학 초반에 시인 자신의 마음을
표현한 시는 아닐까 걱정도 되었는데, 아이들과 잘 지내고 있어
다행입니다. (21.08.30.)

니네는 좋겠다

참 부럽다
나도 못한 연애를 한다니

참 부럽다
나는 언제   연애를 할까

니네는 참 좋겠다

　장미꽃 두 송이가 연애를 하는 것 같다고 생각했나봅니다. 그러고
보니 얼굴을 맞댄 연인의 모습 같습니다. 저도 괜히 부럽습니다.
(21.09.05.)

넌 누구?

누가 쳐다보는 것 같다.
몸이 으슬으슬
기분이 오싹하다.

누가 나를 쳐다보는 걸까
이 느낌 도대체 무엇일까

대체...

넌 누구냐

울창한 나무들을 확대해서 찍고 오싹함을 표현했습니다. 사진을 보고 떠올린 생각이 '귀신', '오싹', '눈' 등이네요. 마무리를 어떻게 할지 오랜 고민 끝에 나온 결과입니다. 집 근처에 이런 산들이 많은 지역인데 걱정입니다. 그래도 당당하게 '넌 누구냐'라고 물을 수 있는 배짱이 느껴집니다. (21.09.11.)

구름과 강아지 털

강아지 털 같은 구름
부들부들할 것 같아
손을 뻗어 본다.

구름을 만질 생각에
가슴이 두근두근

하지만 구름은 만질 수 없네.

어떻게 하면 만질 수 있을까

에이...

그냥 우리 강아지라도
만져야겠다.

멋진 사진 덕분에 시가 빨리 완성되었습니다. 물론 제목 짓는 데 시간이 조금 걸리긴 했지만요. 구름을 강아지 털에 비유해 만져보고 싶다는 표현을 해봤습니다. 구름은 만지지 못하니 결국 우리 집 강아지라도 만져야겠다는, 아쉬운 마음이 드러난 동시입니다. (21.09.22.)

새들의 여행

새야 너는 참 부럽다.
자유롭게 여행을 할 수 있잖아

새야 너는 참 부럽다

북한에도 마음대로 갈 수 있잖아?
우리도 새였으면 북한도 갈 수 있는데...

우리는 언제쯤 북한에 갈 수 있을까?

 사진 속 새를 포착하기 위해 엄청 고생했다고 하더군요. 그 고생이
꽤 멋진 소재를 가져다주었습니다. 이 시도 제가 딱히 고쳐준 것이
없습니다. 다듬으면 더 좋은 이야기가 나올 수도 있겠지만, 그게
누구 기준에서 좋은 건지 잘 모르겠습니다. 저도 시인은 아니니
아이들 언어를 그대로 놔두는 것도 좋겠다는 생각을 해봅니다.
(21.09.30.)

맛있는 한 젓가락

강에서 아빠 몰래
라면 한 젓가락을 먹었다

아빠 몰래 한 젓가락을 먹으니
내마음은 조마조마

근데,

맛있다

  라면이 가장 맛있을 때를 꼽는다면, 밖에서 먹을 때와 몰래 먹을
때가 아닌가 싶습니다. 근데 시인은 밖에서 몰래 먹었네요. 맛이
없을 수가 없습니다. 그래도 라면 양이 충분해서 가족들과 잘
나누어 먹었다고 합니다. (21.10.18.)

바퀴는 육상선수

바바바바바
퀴퀴퀴퀴퀴

바퀴야 바퀴야
넌 왜 이렇게 잘 달리니

육상선수 해도 되겠다
다음에 같이 뛰자

바퀴가 달리는 모습을 보고 육상 선수가 떠올랐나 봅니다. 바퀴가 달리는 모습을 '바'와 '퀴'로 표현해 봤는데, 어떻게 느끼실지 모르겠습니다. 바퀴의 빠른 모습을 표현하기 위해, 여러 아이디어를 생각하다 낸 결론입니다. 아이가 직접 쓴 글씨에서 생동감이 더 느껴지는 건 착각일까요? 다음 프로젝트에서는 아이들이 쓴 글씨 그대로 옮기는 것도 생각해 봐야겠습니다. (21.10.24.)

그림자

햇빛이 있을 때마다
내 뒤에서 졸졸졸 따라다니는 그림자

햇빛이 없을 때 어디에 숨어 있니
그림자야....? 어디에 숨었니?

그림자야 그림자야
빨리 나와서 나한테 오렴

　백일장 응모를 위해 '그림자'를 주제로 시를 써보라고 했습니다. 여러 명의 아이들이 같은 주제로 시를 쓰니 뭔가 이어지는 기분도 들고 더 좋더라고요. 벌써 내년 프로젝트에서는 주제별 연작시를 써보는 건 어떨까 고민합니다. (21.10.31.)

키보드 스타

키보드로
노래를 만들면 좋을 것 같다.

제목은 두드드드륵
두두두탁 두두두탁
우리 함께 두드드드륵
두두 두두탁
다다다다다

수빈아 빨리 일어나
키보드 앞에서 자지 말고
침대에서 자!

으앙? 뭐야 다 꿈이잖아!

교실에 남아서 시를 쓰는데 제가 키보드를 치는 소리가 들려 시로 남겼다고 합니다. 그야말로 모두 상상입니다. 자기가 그린 그림을 카메라로 찍은 것도 폰카겠죠? 너무 열심히 그린 그림이라 버리기 아까워 원본을 시공책에 붙여두도록 했습니다. 시를 쓰며 다양한 상상을 할 수 있다는 것도 참 좋습니다. (21.11.03.)

내가 좋아하는 뽁뽁이

누를 때마다
뽁뽁뽁 소리 나는 뽁뽁이

심심할 때마다
멍~ 때리며 만지면
심심함이 사라지게 하는 뽁뽁이

하지만
내 심심함이 사라지면서
뽁뽁이도 함께 사라진다

어떻게 하면 평생 만질 수 있을까?

　저도 멍 때리면서 뽁뽁이를 터트릴 때가 가끔 있습니다. 요즘은 비닐 포장이 많이 줄어들면서 뽁뽁이를 만날 일이 많지는 않아 아쉬울 때가 많습니다. 물론, 환경을 생각하면 점점 더 줄여야 할 포장재이기도 하지만요.

　시인도 뽁뽁이로 심심함을 달래는가 봅니다. 뽁뽁이가 점점 더 줄어드는 것에 대한 아쉬움이 가득 느껴집니다. 평생 뽁뽁이를 만질 수 있는 방법이 있을까요? 정답은 다음 시에서 알 수 있을 것 같네요. (21.11.08.)

돌아온 뽁뽁이

사라지고 다시 변신해서 돌아온 뽁뽁이
어디 갔다 왔니
그래도 다시 돌아와서 고마워

어디가 달라 보이는데?
변신해서 왔구나
색깔도 알록달록, 모양도 다양해졌네

내 소원도 이루어져서
뽁뽁이도 평생 만질 수 있다니
우와 신난다!!

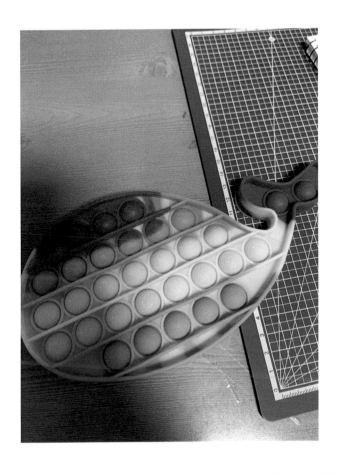

연작시입니다. 뽁뽁이가 평생 만질 수 있는 뽁뽁이로 다시 돌아 왔습니다. '팝잇'이라고 부르는 것 같습니다. 색깔도 알록달록 해지고, 평생 만질 수도 있게 업그레이드되어 돌아왔습니다. 시인은 신나했지만, 저는 공짜가 아닌 뽁뽁이에 조금 서글픈 마음도 살짝 남네요. (21.11.15.)

악마와 천사의 재판

판사: 악마는 천사 마을에 가려고 했군...
　　　너는 큰 죄를 지었다!!

악마: 죄송합니다. 제발 목숨만은 살려주세요.
　　　천사 마을에 저희 가족이 있어서 그랬습니다.

악마들: 그래도 악마 마을에서 탈옥하려고 했잖아요!
　　　그러니 악마를 처형해야 합니다.

목격자들: 저는 악마가 탈옥하려는 것을 보았습니다!

천사들, 악마들: 목격자도 있는데 처형을 해야 합니다!

판사: 다들 조용히 하세요!
　　　악마는 처형 대신 큰 벌을 내리겠습니다.
　　　바로 인간으로 죽을 때까지 살아야 합니다.
　　　탁탁탁!

풍경이 너무 예뻐서 사진을 찍었는데, 왠지 모르게 천사와 악마 마을이 떠올랐다고 합니다. 얼핏 보니 정말 묘한 느낌이 나는 사진이네요. 악마 마을에서 탈옥하려고 한 악마는 재판을 받게 됩니다. 천사 마을에 가족들이 있다는 이유입니다. 주변에서 가만 놔두질 않습니다. 특히 같은 처지인 악마들이 더 난리에요. 판사는 큰 벌을 내립니다. 바로 인간으로 죽을 때까지 사는 벌입니다.

멋진 스토리에 반전까지, 시인도 이 시간 지금까지 시 중에 가장 마음에 든다고 합니다. 공감이 가는 멋진 시면서도 괜히 마음 한구석이 씁쓸합니다. (21.11.30.)

여섯 번째 시인
바로 당신

시인의 말

여섯 번째 시인은 바로 당신입니다.
핸드폰 갤러리에 들어가 보세요.
사진 찍을 당시의 기분이 생생한 사진을 골라보세요.
새로 찍어도 좋습니다.
사진 속 상황을, 생각을, 느낌을 시로 표현해보세요.
시는 늘 당신 곁에 있습니다.

작은 차례

시

사진

시

사진

시

사진

시

사진

시

사진

시

사진